स्ताना नाम का मूर्ख व्यक्ति
में चर्चा करते हुए उसके
शुमार दौलत का भी

की नौबत आ गयी।

फिर साधारण कपड़ों के
कोट पहन कर मस्ताना
पड़ा।

अण्डों के पेड़ की
गा !

मस्ताना ने राजा से मिलने क
बंजर भूमि की ओर चल पड़ा
स्ताना ने जैसे ही उसमें एक अण

मैं सुबह
ही अन्धेरे
लेकिन भूख
और वह

हां आकर उतरा, जहां
में दबाया था।
मस्ताना मूर्ख है, लेकिन नेक और दयालु। मुझे उसकी मदद करनी चाहिए।

नहीं है !
यह क्या ?

उड़ते-उड़ते अण्डा
राजमहल पर से गुजरा।
ओह!
राजमहल!
वाह!

ात...
ती
कमरे में...

पारी उम्मीदों
लेकिन क्यों?
सोचो, वह

कों को
से ढूंढो और हमारे
लाओ। जल्दी !

ा नीचे
समेत
साथ, महाराज
याद किया है।
दरबार में...

की
बेटी, तुम इसे भूल जा
तो मूर्ख मस्ताना है!
तुम्हें क्या सुख दे
पनी हठ नहीं छोड़ी।
नह

मस्ताना
के सन्दूक
में बन्द करके
लकड़ी का
रहा था।

की और उधर जेब में
या।
एक तेज रोशनी व धमाके
की आंखें बंद हो गयीं।

नहीं लगी कि
शक्तियों का

कि जहाजा
र घूमते

करो
सब
जाये

काफी ऊंचाई होने पर
भयानक पक्षी समझा
न्ता मत करो,
प लोग अपने
महल में हैं!
शिकारि
क्योंकि
टुकड़ों
दिखाई

यह सब
सुन्दर
त करके
तभी इधर-उध
दृष्टि भी शिका

तीर मस्ताना के
नीचे गिर पड़ा
टन्न

हो गया।
हाय !
मेरी आंखें !
अंधा जा

गुरुदेव ने मंत्र फेर

से विवाह करूंगा!
हा... हा... हा...!

हा... हा... हा...!

न को
!
तुरन्त ही जैसे
सुन्दर नौजवा
आह!
अत्यन्त सु

र प्रविष्ट हुआ।

ाना की जेब में रखा
िकलकर टूट गया
सैनिक निकलने लगे।

कोई
गयी थी।
वहां
राजा-रानी
बन गया है।
मैं अभी
को लाकर
मन्त्री को

कैदखाने से
तीसरा छोटा
कोई इच्छा
अब बहुत
हमें माफ कर
महाराज मस्ताना की

* 9 7 8 9 3 9 1 4 6 0 2 9 7 *
FCW - #0294 - 061026 - C32 - 246/170/2 - PB - 9789391460297 - Gloss Lamination